Este es el día en que actuó el SEÑOR:
sea nuestra alegría y nuestro gozo.
Salmo 118:24

This is the day the LORD has made;
We will rejoice and be glad in it.
Psalm 118:24

¡ESTE ES EL DÍA!
THIS IS THE DAY!

escrito por / *written by*
Amy Parker

ilustrado por / *illustrated by*
Leeza Hernandez

Scholastic Inc.

¡Despierta! ¡Despierta!
Wake up! Wake up!

¡Vamos, arriba!
Up, up, and away!

Sea nuestra alegría y nuestro gozo.
Let's rejoice and be glad —

Dios creó este día.
¡Para TI lo creó!
Lo llenó de cosas que hacer
¡Y TE lo regaló!

God created this day —
He made it for YOU!
And He filled it with things
Just for YOU to do!

No te retrases,
no te demores,
¡con este regalo debes irte!

Don't dilly;
Don't dally —
Take this gift and run!

No te tardes,
no pierdas tiempo,

Don't dawdle;
Don't tarry —

¡llegó la hora de divertirte!

Let's go have some fun!

Los dientes hay que cepillar

There are teeth to brush and

y la ropa probarte.

Clothes to try,

El pelo, peinarlo,

Hair to comb and

¡UUF!

¡y los zapatos, amarrarte!

Running shoes to tie!

En el teatro debes actuar,

There are plays to play,

por los toboganes deslizarte, las canciones hay que cantar y

Giant slides to slide,

Silly songs to sing and

en las atracciones, ¡montarte!

Rockin' rides to ride!

Y cuando hayas terminado todo eso, ¿qué más podrías hacer?

When you're done with all that, what else will you do?

Nunca se sabe qué nos espera, ¡averiguarlo es nuestro deber!

You just never know what is waiting for you!

A veces hace sol, o llueve o nieva.

No matter the weather —

WooHoo!

¡VIVA!

El clima siempre varía.

Sun, snow, rain, or gray,

Pero siempre puedes divertirte.

You can still make it count —

¡HOLA, OSO POLAR!

¿Te sientes mal?

¿Estás triste o molesto?

Feeling topsy-turvy?

Or angry or sad?

Aún así puedes hacer
¡que el día sea un gran éxito!

You can still make this day
The best that you've had!

Cuando está oscuro o sientes miedo,

When it's dark or scary,

GULP!

sé valiente y sigue adelante.

Stand tall and be brave.

Sonríe de oreja a oreja.

You can smile your big smile,

Verás que saldrás triunfante.

And wave a big wave.

YOU DID IT!

¡BRAVO!

YAY!

¡HURRA!

¡LO LOGRASTE!

¡No te desanimes! ¡No te rindas!

Don't give up! Don't give in!

¡Deja que Dios te muestre qué hacer!

Let God show you how!

Recuerda siempre, Él es nuestro amigo.

Remember, He's got this —

¡Nadie te podrá detener!

No stopping you now!

Y cuando estés feliz,
burbujeante y jovial,

Then when all is happy
And bubbly and bright,

busca a quien necesite

Find that person who needs

ver la luz de Dios brillar.

God's bright-shining light.

Cuando la felicidad que ahora sientes
seas capaz de compartir.

When you take all that joy
And spread it around,

¡Construirás un mundo mejor!
¡Un mundo mejor para vivir!

You make this world better!

You make it go 'round!

Que cada segundo cuente.
¡Disfruta cada momento!

Make every second count.
Soak up every bit!

Que al terminar el día,
¡estés orgulloso y contento!

And when the day is done,
You'll be proud of it!

Este es el momento.
No desperdicies tu vida.
¡Sal en busca de la luz!

Right now *is the moment.*
It's yours! Don't delay!
Step into the sunshine!

Daniel: Tú eres el sol que entra por mi ventana cada día.
Y para TI: Si alguna vez te sientes desilusionado, abandonado o inferior,
este es el libro para ti. Y este es TU día.
A.P.

To Daniel: You are the sun streaming through my window each day.
And to YOU: If you have ever felt let down, left behind, or less than,
this book is for you. And this is YOUR day.
— A.P.

¡A Sheri, por su bello espíritu y por ser una de las
mujeres más valientes que conozco!
L.H.

To Sheri, for her beautiful spirit and being one
of the bravest women I know!
— L.H.

Originally published in English as *This Is the Day!*

Translated by María Domínguez

Text copyright © 2018 by Amy Parker
Illustration copyright © 2018 by Leeza Hernandez
Translation copyright © 2018 by Scholastic Inc.

ISBN 978-1-338-05038-7

10 9 8 7 6 5 4 3 2 1   18 19 20 21 22

Printed in China   38
First Scholastic bilingual printing 2018
Book design by Jess Tice-Gilbert